歌集

霧箱

ときえだひろこ

短歌研究社

目次

装画　安野光雅
（『繪本　歌の旅』より）

霧箱

水光る

日曜日ケンブリッジのミサに来る人の多様さ物理学者も

カピッツァの実験室の屋根の下ハーシェル望遠鏡が棚上にあり

英語辞書初版は巨大「オーツ」とは人または馬の食糧とあり

麦刈りの済みし畑の枯色を赤紫に縁取るヘザー

草原を木立で区切る牧場あり羊・牛・馬それぞれが占む

ふかふかと草原にいる羊らの背は霧雨にしばらくは濡れず

石垣はいま花盛りハイドレア・クロコスミアが農地を飾る

花の道の凹凸辿り石積みの古き農家に三日を過ごす

夕立の過ぎにし後の樺の樹にしばしば虹がかかるとて待つ

グリーンウェイの木の間に絵あり紅白の帆を張るヨット水光る河口

ヴィクトリア・パーク通りを行くバスの二階席に聞く窓打つ枝音

打水

ローマ字を初めて見しは裁判の記録なりしよ八歳のころ

祖母死すと誤解して泣く父の頼み娘は戸袋のネズミを逃がす

曾祖父の通学中の足許に打水かけし曾祖母の勇気

中庭の自転車置場に桜二本その花厚く積もるころ来よ

約束の電話の時に留守なれば母は祈るも妻はふきげん

約束は守られぬこともありとする許容度をもてと子に伝えおく

夕方は母の帰宅の刻までの不安に耐えしよ三十年の昔

水面に

水面に近きところの石垣に藻のいろ乾き春雨を待つ

蔵屋敷なりし辺りの暁に米取引の枡の夢に醒む

わが夫に四半世紀の縁ありし中之島なれど異界のごとし

秋の日にかつて歩きし御堂筋われは曲がれぬ辻もあるらし

人は皆それぞれの道行くことを出会いて悟り別れて祈る

数かずの祈りを恃みヨセフの名頂くまでの残生となる

亡き義母の裁縫箱にグリーンの糸あり古き手袋に合う

病院の玄関ロビー「雰囲気はそれぞれ違う」と母の感想

この道を辿れば母に会えること心に刻み雨中を歩む

裏庭の柿の実に寄る鳥声「まだ渋かろ」と人は思うも

訪ね来る友を迎えに行く道に雉猫がいる安寧のとき

水平線

「人と人の心をつなぐことばあるは神のアイディア」友の著書読む　（歌集『時計』）

茅葺きの小屋の模型を本物を建てし棟梁がもくもくと作る

鳶職と左官職とを兼ねるひと木舞《こまい》掻きのこと学びつつ成す

洪水の後の堆積いつよりか荒木田《あらきだ》土なる壁土に化す

墨かけとて檜材木切り口に書付けてゆく用途その部位

人の子の言葉の初め乳求め母の胸の辺に声を出すとき

「同じ日は二度と来ないね」天気図に毎日新たな気持をもらう

法則に定理に人の名をつける元祖はだれか無名のままに

論文をペーパーと呼ぶ慣用語　新媒体の世にも残りて

作品の独占料の届け先どこかを告げるサインの習慣

歩み来る友の遠目に早早と映る近目のわれの当惑

食物が身体の一部になるように師の智恵をわが脳に組み込む

師の窓辺に色づく棗の実の一つ昔リンゴの酸味なつかし

生起する確率不明の現象に脈絡がつく命の発生

実在の状態つぶさに調べ上げ存在の条件やや見えてくる

実学と虚学の境どちらにも入る数学はみ出す神学

天才の吹き溜まりなる学友ら古稀祝いつつ競うを止めず

心外な事実を言えばわたくしの神とあいつの神の同一

満開の万朶の桜この島を水平線まで拡げる四月

湖のほとりの古巣千個にてコウノトリの子育つ春なり

逃げないと決めた心にモーツァルト五月の光のように友なり

老残が目立たぬようにピカソなど身近に飾る　揺れるカーテン

飼い主の入院中のネコのあくび日ごとに野生に戻る気色に

川のはじまり

尾根道をわれら黙もく辿るとき過ぎる鳥あり細き風来る

尾白鷲の子育て期間三年は狩の習得一年を含む

刻刻と明るさの増す湖に山映るころ青き鳥来る

湿原の縁に帯なす紫の花畑ありて川のはじまり

陽光の射さぬを好む厚き苔ふっくら群を保ちて死なず

ビーバーの巣作りらしき水音と波の寄せ来る秋はかなしき

白樺の林の奥へ一すじの道はあれどもわれは留まる

山荘の夜更けに友が弱音に弾く伝説の曲を聞きおり

遊亀湖の堰に背を向け赤トンボの薄雪草に近づくを追う

霧深き島に群なす百千鳥さわぐは船の近づくゆえか

海底に湧泉ありて利尻富士のミネラルに昆布が養われおり

離れ島に残されし馬の群なして野を駆け回る歓喜のリズム

馬の尾の弓一筋に活き来るはメンデルスゾーン今のうつつに

金色の陽光に浮く夕富士にわれらの願い「マグマを噴くな」

牛蒡煮て旅の疲れを治す朝　猫が縄張り見回りに来る

湧く水

満開の櫻大樹の根の調査　地下と地上は同じ体積

論文の査読を休み茶を淹れて居留守のところ犬に見られる

キースホンド温和に生きて鶯の声を聞きつつ文月に死す

菩提樹の花降る庭に黄緑の色香立ちつつ風となり行く

武蔵野が小春日和に光るとき木木のよろこび子らの内にも

少年は白きピアノの低音部のみを好むやカデンツァを弾く

雨冷えの欅の見える窓近く少年は遠き海の歌を奏す

この池の底に湧く水音立てず野川となりて多摩川に合う

湧きたての水に棲めるは幸運の鯉よと見つつ木の橋渡る

犬の死後だれも踏まぬ庭おととしのペパーミントの群落となる

踏切の名所に待つは半時間百余人なり武蔵小金井

中央線遅延に備え家を出る時刻早めの習いとなりぬ

三鷹駅改札際のカフェにいる傷回復期なる友を待ちつつ

七年後八〇歳になることを想い喜ぶおかしな私

隔雲亭の灯りておれば池の中に公孫樹の黄葉あるかに映る

犬のみが古代壁画を脱出し今を生きるかエジプシャンサルーキー

石油タンク数多を連ね過ぎ去りし後の静けさ武蔵野線は

青梅線に無人駅あると知らざれば改札口なきホームに驚く

無人駅のホームに子らの声届く藁葺き屋根の向こう側より

梢のみに葉の残されし大樹あり線路の向こうに影黒ぐろと

金色の芒穂ふさふさ秋を告ぐ北府中駅ホームの際に

ねずみ志野の焼き上りまでの安らぎに火の音を聞き猫とまどろむ

波しぶき

熊鷹が運び来し種とヤブツバキより玉椿生まる福江島の花

椎の木の茂る山裾に海を向く聖母像あり真白きままに

月夜間《つきよま》の港に寄れるヨットより父と子らとの語る声する

波しぶき浴びる日もある聖母子の像に希望を託す漁師たち

中通島北端の尾根に見渡せば東も西も秋色の海

広からぬ棚田と崖に迫る海この地の暮らしに耐える人あり

よろこびは内に兆して外に滲みかくも平和な姿となるか

地響きの絶えざりしところ普賢岳の今朝は鎮まり湯口の音のみ

湯煙の特に激しきは殉教の跡地と聞けばわれは近寄れず

ハンサムな司祭に真理を語らしめイエス胸張り微笑む気配

張力

鴨三羽それぞれの波立てながら平底舟《パント》をつなぐ杭の際まで

ケム川の組木造りの橋くぐる俄船頭の技をほめつつ　マセマティカルブリッジ

ニュートンの林檎の樹下に落ち合うは植物園のボランティア達

Himalayan pine tree
ヒマラヤ松

この園のヒマラヤ松の傾きに土の中なる張力を想う

日本の篠竹の群さやさやと荒き風にも端のみ揺れる

ふかふかの樹皮に防炎作用ある曙杉をかしこみかしこむ

もめごとがユーモアとなる八百年　大学町のガウンとタウン

氷河期

這松の実一つくわえホシガラスわれらを追い越し鹿島槍へと

氷河期の生き残りなる雷鳥の雛の空には常に鷲あり

タカネバラ霧の流れに紅の花を揺らせる夏の終わりは

清やかに「ライチョウさーん」と呼ぶ声に一羽現る室堂《むろどう》初秋

チングルマの葉の紅に染まりゆく沼のほとりの立山の秋

白き羽に脚の先から生え替わる雷鳥は秋の冷雨を好む

熔岩の色を帯びつつ富士山に住み慣れてゆく雷鳥の群

這松の蔭に動くは白と茶の斑《まだら》のつがい雷鳥の保護色

雷鳥は真白く丸い羽毛体ラッセルしつつ冬芽を掘り出す

時間の河

「人間は物を買うと安心する」不安を越えし汝の発見

ストックせし本読むことがあろうとも帳消しできぬ不安は残る

函館の港に近く鷗らと寂しき人の宿一つあり

八日間こま回しつつ泳ぎつつ論文を書く村の旧家に

グレゴリオ聖歌合宿ひぐらしの声も混じるよ練兵場跡地に

グレゴリオ聖歌を唱い源へ時間の河に流されつつも

コンサート開演前の薄闇に思い出せない事は振り切る

オーロラの消えゆく空に月の出がピリオドを打ち明日を迎える

天空の虹は忽然と消え入ると教えるような人の死なりき

窓ごとに花の絵のこし人は逝き富士の初雪ことしは未だ

遥かなる出自の園に帰りしや孫の夢の裡に祖母美しき

ルピナスの花につめたき浜風を防ぐ人なくクリスマス・イヴ

師も夫も逝きにし春の山桜まさかの灰を憂いつつ咲く

卯月尽バスを待ちつつこの道に桜並木の在りし日偲ぶ

重心

相撲けいこ見学記

息あえぎ総身汗と砂まみれ押し合う稽古どちらも不動

取り組みの始めは同じ形にて双方の重心の動きが見える

取り組みの二人は一つの力学系どう分かれるかに勝ち負けかかる

親方の「相手を待つな」の掛け声に組んだ二人が同時に動く

名目は稽古とは言え山場なり声一つなく息の音のみ

睨み合い仕切り直して飛びかかる刹那「これまで」定刻一〇時

押されつつ「よーしよーしさ」首つかみ「へい　へい　へい」と

水の一すじ

キングスクロス南半球最大の怪しき賑わい軍港なれば

軍艦を宿舎に使うカンガルー見学会の案内人ら

南極につながる海の音を浴びイチジクの林みな大木に

シドニー湾架橋に近く円形のベンチにいればカモメ飛び来る

晩秋の朝の光波を反射するオペラハウスの屋根の逆巻き

蒸散のユーカリ・オイル空中に漂い丘の空気に混じる

陽光は北より射してわが影を南に落とすユーカリ樹海に

アンティーク家具屋の隅に一族の歴史を語り脱皮のひととき

飛行音にわかに変り揺れはじむ雲海上の乱気流にしばし

次つぎと機体下方が映される湖と雲は同じパターンに

遠ざかるブルーマウンテン崖に光る水の一すじ忘れ難しも

入江

塩分を吐き出し生きる七種類マングローブは西表島《いりおもてじま》干潟に

カニ達が耕す砂は空気含みマングローブの呼吸根を支う

黒松の林の果てに入江あり潮待つらしき帆船の見ゆ

洞内に潮満ち来れば浮き上がる小舟を漕ぎて女が出で行く

潮に乗り岬を回り去り行きし船が帆を張り戻り来るなり

帆をたたみモーターの音高く立て港の奥へ入り行く一隻

瑞泉寺

瑞泉寺の水仙このとし人を待たせ紅・白・黄の梅を待ち咲く

古き寺の昔硝子を通し見る庭の草花やや歪みおり

木瓜《ぼけ》の木の花に寄り来る揚羽蝶われの眼を踊らせるもの

木瓜の花の散りしところに雉鳩が歩み来たるも踏まず過ぎたり

親王の幽閉されし洞穴の縁にそよぎてユキノシタ咲く

金門橋より帰りし友と相模湾の魚料理など探るたのしみ

頰寄せて「歳をとるのは大変」といいと楽しげに話しているよ

放水路

百草園に足音の群去りしとき若葉の蔭に鶯の声

餅をつき茶を淹れ屋根の葺き替えの職人達を労う老女

葉わさびに白き十字の花咲きて木漏れ日のかげ夢ならぬ印

荒川の放水路をバスにて渡るとき「吟行二首よ」と貞香の声飛ぶ

白木槿かろやかに咲く道行けば山脈はいまも我らを迎う

竜の背に泡立つ白き水流を覆い震える楓の紅葉

幸福の種・花・香り・実を抱え美和恵先生われを励ます

山崎美和恵博士

雅ちゃんとお史さんとは同窓の学童なりき時間差二〇年　佐々木史子氏

二人組ジャグリングする孫達の妙技に祖父・祖母・介護士ら沸く

二番線の係の駅員こともなげに四番線にも注意を促す

久喜駅の発車メロディーかの日日は「牧場《まきば》の朝」と気付かざりしよ

近日点

雨降れば川になる崖のぼりつめ明日こそ至らんパンダの巣穴に

岩穴に残るにおいは撮れませんパンダの母子はご外出です

竹食むをとつぜん止めるパンダなり子の泣く声の方へと急ぐ

子羊のやわらかき声はるばると草原渡り笛の音に合う

遠眼鏡かざして探す隊商の過ぎ行く道に笛吹く人を

花冷えというほどでなき一日を家に籠りて龍笛を聴く

キリル文字含むメールは暗号の扱いとなる可笑しな文明

空中で泡立つように分かれたるシャワー隕石三十二個を飾る

鯨骨の実物大を空中に吊る作業員その下に昼寝す

太陽の近日点を今過ぎる星あり「セドナ」イヌイットの神

剝製のツキノワグマとヒグマ見し夜は熊飼う夢をみるわれ

年老いし象は水辺に寄り行けずバオバブの実の水気を好む

新月にだいじょうぶよと諭されてゆるゆる帰る川沿いの道

聖人の名をもつ犬の常にしてセント・バーナード穏やかにおり

初花

校帽と軍手と笑顔わが騎士は薄野飛ばすドライヴを愉しむ

バッティングマシンと修繕跡のあるボールが語る少年時代

球場の土手に当ればホームランかく実りゆく友の働き

球場に敷く赤土と黒土のサンプル袋が部室に残る

新しき弓道場に入り来たる鹿の角跡見たかりしもの

柱傷に「限界ですね」と呟けば「建て直します」と頷かれしよ

最新のコミュニケーション原理とて最古の母性原理に帰る

木の名前記す札見ぬわが友は「どなたですか」と木に聞いている

芽吹きせる櫟林の中ほどに霞立つかに咲く山桜

山桜桃《ゆすらうめ》いま陽光を讃えつつ花を掲げて実る日を待つ

崖上の山桜より枝伸びて白き初花われらの前に

ツボスミレいま花盛りその蔭に日本カナヘビ逃げ込むあわれ

蓮・牛蒡・人参・鰆《さわら》・鴨・玉子・明日葉入りの赤飯弁当

葉裏にてヒノキとヒワダは異なるも桶ともなればいずれも香る

オダマキの群落の空ゆらゆらと硝子の箱に入り越えゆく

引潮

空港に続く草原波立てて水平に近く着陸機過ぐ

砂浜の幅数尺が昭和島の縁飾りなる引潮のとき

分離帯に蒲の穂ゆれる京浜島一回りしてバスは出て行く

コンテナー大井埠頭をはみだして港の外に空のままあり

新聞の活字に毎日七トンを揃えし昭和遠ざかりゆく

新しき壁材として型紙の模様を写す薄き錫板

釜にある錫溶液を汲み上げて型紙枠に流し込む技

工場の中央にある緑板にスパナの絵ありその釘ごとに

ジュラルミンの表面皮膜工程の液槽に蓋なきを危ぶむ

手作業のパラボラアンテナ箆絞《へらしぼ》り人の気力に従う物体

五〇〇系「のぞみ」は走るカワセミの嘴型に音を消しつつ

海面

海面にシロカツオドリ突入の一矢乱れず魚群を狙う

只管なキョクアジサシの渡りなる大圏コース二万キロを飛ぶ

多彩なる飛跡記録の網なして地球を包む渡り鳥たち

ホシガラス早池峰山に這松の実をつつき喰い初夏をよろこぶ

蛇紋岩の狭間に生えて土と化すハヤチネウスユキソウの代代

ホシガラスの飛び去りしのち木鶏《びんずい》が虫をくわえて巣に戻り行く

カワガラス北上川の水中に虫を捕えて子を育てをり

ティー・カップ

ダーウィン家遺贈の庭にこの朝もあのリス駆け入り草の葉を噛む

大いなるヒマラヤ杉の枝伝い白き腹のリス芝生に降り来

マクスウェル遺品の机と知る人らティー・カップなど置かずに保つ

浮彫のクロコダイルはカピッツァの渾名由来の研究所マーク

Pyotr《ピョートル》 Leonidovich《レオニドヴィッチ》 Kapitsa《カピッツァ》

林檎樹をマスコットとし塔上に天窓があるニュートン研究所

ヴァージニア・ウルフ記念の椅子にかけ青リンゴなど見上げ安らぐ

スコーンを細かく砕き地に撒けば飛び来る小さき二羽三羽五羽

プリンキピア初版表紙にニュートンの筆跡残るを図書室で見る

英国の伝記事典の改訂は無視されていた女性の顕彰

鐘の音二十四回鳴る間ひたすら走れトリニティー・コート

食堂の窓辺に育つ笹の葉がよく見える席は早く来た人に

夏の夜ヒマラヤ杉の梢より弓張月の逸れるまで見る

イギリスの日本学の始まりは暗号解読なりと言うひと

カレッジの駐輪場に三寸の厚さに積もる桜の花弁

薔薇のアーチくぐり押すベル子の部屋に響けば笑顔で戸口に出で来

旅に消えしはずの帽子よ卓上に留守番しおり置かれしままに

原爆を作りしが老いネヴァダにて六〇周年七月一六日

兄はなく夫も子もない人生に原爆の影なしとは言えず

セーヌ川

ル・モンド紙ハリー・ポッター完結の活字で朝の静かさを乱す

サンジェルマン・デ＝プレを過ぎて左岸へと徒歩通勤の人らに混じり

マロニエの並木の下の緑箱やがて開かれ露店となる物

ノートルダム大聖堂に辿り着く父母の憧れ叶うこの朝

セーヌ川の島多き辺り今のパリと地図一六〇〇年版に知る

聖堂の飾りガラスの配色は春夏色と秋冬色と

オベリスク遠き悲しみ突き立てて盗人の地の哀れも見ており

パリ中で一番と聞く蕎麦粉製クレープを待つ焼く手を見つつ

ガルソンの和訳メニューを諳んじて日本人客もてなす努力

パリの夜ラシーヌがふとペンを止め畏れし闇をわれも観ており

「門限を過ぎそうな日は供託金五十ユーロで鍵を貸します」

日溜まりのリュクサンブール公園に書きものをする手のみが動く

真夏日にモンマルトルの丘を見る園の緑と石壁の白

真直ぐにセーヴル通り歩み来て病院前に待つ人に会う

思いきやヒトの胎児の週変化モノクロ画像を見せられている

サンプルの到着コール一斉に冷凍胎児を待つ百人へ

受精卵分裂経過できるだけ細かく見よう研究プロジェクト

ご懐妊第一週の飲酒には鼻梁形成異常のリスク

心臓に不可解トラブル今風の方便にして面倒を避く

娘の病疑い晴れて姉方へ一泊に来る母なる妹

好まざる地下のホームに着きしとき友の師に遇う旅の道連れ

貴女にはモーセの十戒不要など友の苦悩に慰めを言う

微笑みの源

子らのためワイン工場改造しスポーツ合宿施設となしぬ

にこやかに何カ国語も使いつつコンピューターの調整をする

円卓のケニア・ザンビア英語にてマーウィ・コートジヴォワールは仏語

微笑みの源ゆかし友の孫トリリンガルに三歳となる

朝七時三連の鈴振り歩く草地に光る露雫しつつ

薄衣のような白雲流れ去り鱗雲少し現れている

蘖《ひこばえ》のライムの枝に夏風の爽やかに吹きそのまま過ぎる

内戦の地より衛星電話あり夜間燈火は死を意味すると

採決の時の熱気に煽られて外気を求め出る人もあり

大杉の西に半月かかるまま東に朝の光が滲む

夜十時まだ暮れゆかぬ草原に歌声流るシャトー・デュ・ムーレラン

若きらがカヌー漕ぐ朝ひとすじの光が林の果てより射し来

便り書く丸テーブルの上にある桃と杏と水差し見つつ

ジュール・ヴェルヌの冒険絵本と絵葉書を置くガルディニャン郵便局ロビー

夏休みのサン＝テグジュペリ小学校その名の謂れ宿題とする

自転車を積みし車に追い越され「おやおや」という日本語通ず

隣家の黒いテリアに名を問えば「ユートピー」なりと胸張る飼主

ベッドにもネズミ返しの工夫あるロクティヤード城に幾代

象牙張りハープシコード弾く姫よ踵の下にネズミを踏みつつ

出るときに楽なところに駐車せよ朝顔が咲くバザスの広場

肉牛の重量計の台石に貝の化石混じる古き市場跡

若者が木工場に集まりて壁紙を張る秋近き夜

水鳥の影

ミラベルの実る聖堂戸口より夏落葉焚く煙も入り行く

現象のすべてを記述するまでは失業できぬ数学者達

幾何学を教え合間に確率を学ぶ夏なりケープタウンに

喜望峰見晴台に大陸と大空と海　立体角４π

砂浜に長径四十センチなるカバの足跡まだ日の出前

夕まぐれ浅瀬に集う水鳥の影豊かなりケープタウンは

太陽が水平線に近付けばわれらは赤のスペクトルに染まる

夕食につづく憩いに次つぎとマダガスカルの多声重唱《ポリハーモニー》

ベティスベイの崖地にあれば海中に立ち泳ぎする鯨に見らる

チーターの黒き逆毛は武具なるや狩を終えれば立つることなし

雨上り巣穴より出たミアキャット見回している「スリカタスリカッタ」

合歓の花ゆらめく空の雲一つ茜になれば水撒きに立つ

濃緑のシベリア大地ときめかせ海まで走る大河アムール

いとけなくケナガマンモス母を待ち凍土の中に三万七千年

紅葉踏み立つ白猫の思い入れ落葉の下の土を見ている

靄立つ朝

唐崎の松は人を招く二百歳われら四人も来たり去り行く

湖に靄立つ朝は窓辺まで比良の山越え亡き人も来る

豆バスの終点に立つ朝市に郡上八幡の採れたて野菜

山峡の瀬音すずしき緑道をつかう白猫やや速足に

城山の闇の綻び目指し歩む狐火でもよしと声かけ合いて

盆踊り櫓の周りに輪がふくれ夜更け見事に下駄音そろう

線形加速器

灼熱の炉に吹き棒を差して採り溶融ガラス　回しつつ運ぶ

夜勤してガラスを融かす当番の電気炉なればガス炉より楽

緑色球形の壜ようやくに吹き上げたるを徐冷炉に入れる

若者はガラス工芸修業ならフランス行きも良かろうと言う

桐車回して磨くクリスタル小さき傷を消すまでの時

金剛砂を指先につけ磨き出す細かき模様グラスの面に

一対のトラジェクトリー描きつつ電子とホール世に出没す

軌道 trajectory

潮汐に合わせ大地も動くこと検知している線形加速器

着想を告げれば実現する回路こまめに作るふしぎな男

スキーヤーのゴールを記すタイマーをミリ秒計にできた思い出

新しい電子カードの設計に古きＰＣ十台を使う

千枚の図面に記す装飾具その一つなる黒白の馬

束《つか》を飾る朱鷺の羽二枚その脇に青瑠璃を置く退役の太刀

横山藩跡地に手書き看板の大名時計博物館あり

日の入と日の出の間を等分に区切りし時刻の季節変動

錘《おもり》上げゆっくり下げる仕掛けある櫓時計の天晴《あっぱれ》職人

鎖国なることば初めて使いしはオランダ通詞『日本誌』の中

蘭語より和訳されにしプリニウスの博物誌など平戸に伝わる

「身の丈は三尺五寸多様なる声出す河童」捨て子異聞か

ツインタワー

少年は七歳なりき凜として単身赴任の母を見送る

出迎えの汝は分厚き数学書読みつつ母の到着を待つ

セントラルパークの池の端にある桜並木に始まる紅葉

夕映えのハドソン川の照り返しベンチの影をさらに長く見す

聖ヨハネ大聖堂の正面の彫像裏に岩ツバメ棲む

コーヒーの泡ひとつずつ虹色に秋深き夕の香りを放つ

デザートのバナナは皮にナイフ入れ身を輪切りとしフォークで食すべし

ロバの背に掛かり経巡る時を越えキリムの布が居間に落ち着く

揺籃の側面なりしスーマックの羊模様が卓の飾りに

対岸の楓のもみじ川面には逆さに揺れる夕光の中

川沿いの道走るとき輝くは水面に動く鴨の嘴

湿原の草紅葉のかなたマンハッタン・スカイラインかくれトンネルに入る

幽かなる優しき声に名を呼ばれ時のクレバス越えたのか天使と

巨大なる船通るとき橋桁の頂を重きバスが踏み行く

秋色の彩り広きキャンパスに牧舎のような教室棟あり

ニューヨークの顔立ちつよき女性たち幼と老に座席をゆずる

地下鉄の構内広場にギター鳴り巡査三人が聴き入りており

帰国せし虎屋の支店硝子戸に黄葉はりつく雨の夕暮れ

トリニティー・イコン刺繍の輪郭の象牙のビーズ白線崩れず

クロークに渡すチップと給料の一分間がつり合いており

巻雲の上を飛ぶとき雲の影ハドソン湾の水面に青し

凍りゆくベーリング海にほつほつと白き粒状氷塊の見ゆ

側面にツインタワーの描かれた「ニューヨーク・ニューヨーク」思い出のケーキ

熱水の池

熱水の巨大な池に生きているバクテリアあり虹色を見す

熱水の噴出口の形など調べるという仕事する人

白クマの母子は獲物の大角を夢見て眠る灌木の影に

この島にヒメヤナギラン咲く日には花に寝転ぶ白クマを見よ

臍の緒のとれぬままなるレモン色タテゴトアザラシただ母を待つ

ハワイからアラスカまでの海の旅ザトウクジラの母子を追いつつ

イルカとは何者なるかヒト四人にホオジロサメの尾行を知らす

昔むかし大門《おおもん》にありし辺りにて日暮れとなれば三ノ輪へ急ぐ

隅田川両岸にある青テント早慶レガッタ近づけば去る

檻のパンダ左回りに幾度か歩行の後は背を向け坐る

遠足の子らの足音近づけばパンダは起きて歩き始める

トラたちの耳たぶ蛇の目もようにて後方にらむ様に立つなり

動物のぬいぐるみ数多ある店を見れば懐かし孫なきわれも

来園の乳児のために人間の授乳館あり動物園に

よく走る六歳の子の命惜し回転ドアの構造変わる

ターミナル連絡バスに我を見る幼が笑めば世を捨て難し

満開のひまわりの果てオリーヴの林が続くアンダルシアは

コロシアム遺跡近くの叢は雉猫一家に占められている

月光の中

真黒な毛皮と短き耳をもつ奄美の黒ウサギこの世に四〇〇〇匹

崖土に白き軌跡が残されてアマミノクロウサギ巣穴に至る

やわらかきススキの茎を齧りつつ苔に目をやるアマミノクロウサギ

子が二匹入りし巣穴の口塞ぐ母クロウサギを狙うハブおり

子ウサギは母の声する森の奥へ巣立ち行くべし月光の中

鉢植のシロイヌナズナ個体間距離保つべく深夜に踊る

セレベスの海底にありし日のようにヒカリキンメダイ列なし泳ぐ

北限の地

テムズ川の岸辺の古き栗の木に九月の初め実はまだ生らず

階段の螺旋の向きに右巻と左巻あり使い勝手いかに

ガンビアに本屋を開く女医さんがロンドンの家を五百ポンドで貸す

雨きらう大英図書館円形の閲覧室をガラスで包む

ウェールズの海辺の村に雲低し教会の塔隠れんほどに

カモメ飛ぶ北限の地の日溜まりにバス待つときの母達の祈り

ウェールズの古城に今も変りなきは昔の旗と鱗雲なり

部屋隅の木机一つこの上で宇宙生命論も書き得る

庇上二階の歩道めずらしと坂上に至れば一階となる

チェスターの朝焼け色に浮かびくる異界のような駅までの道

曇り日も湖沼地帯の家壁は白く連なり地の気を晴らす

ワーズワースの家の戸口のナナカマド鳥来るまでを一樹朱に待つ

屋根裏の仕事部屋には紙とペン同じ道具にわれも働く

王城の発祥伝える修道院跡地に嫁がざりし姫の名

十人のグループ旅行トラブルのときは私の強気の英語

グラスゴーからハイランドへ入るとき核兵器貯蔵所あると言う運転手

犬を連れ湖畔を歩む少年に過ぎ行く時の優しさをみる

トローザク村から登れ山肌の赤紫に染まる季節に

花ことば「復讐」なればアザミこそスコットランドに相応しという

クローデンの古戦場いま遅咲きのヒースを倒し風渡るなり

黒猫がわれに背を向け走り去るインヴァネス駅に列車待つとき

ネス川に大潮の日は上り来るシールを人らネッシーと呼ぶ

北海の地球岬の眺望に南の果ての喜望峰を想う

世紀

黄葉の梢の空を北へ飛ぶ楔形の群　荒神橋《こうじんばし》に見上ぐ

幾世紀生きる意志もつ椋の樹か根方の洞に人の気を溜め

賀茂川の右岸浅瀬に都鳥五十羽ほどの目覚めよろこぶ

堀川の細き流れを古きまま新しく見する一条戻橋

柚餅の看板掲げ二百年さまざまの四季を菓子に象る

西陣の地名のおこり応仁の乱と記せるひとつの石碑

綴織の六千色の糸合わせ櫛型爪もて掻き寄せながら

二条城四百年の薄闇に襖絵のぬし白鳥漂う

蹲に椿一輪くれないの命のかけら古き謎かけ

いくたびの乱に火の手の及ばざる坂の上なり五重塔は

薫風の源までと遡り楠の大樹の芽吹きに出会う

南極の海

レンズ雲一面に湧くこの空に見られる私を見ている私

天の川渡る人工衛星にしばし隠れる赤き星あり

三つめの太陽ゆらり現すは地球の空なる氷晶レンズ

極地より宇宙へ熱を戻しつつ地球は進む太陽と共に

古代人の思惟の果てなる南極に大海獣のありし跡あり

ゴンドワナ大陸にありし肉食のクリオロフォサウルス頭にとさか

太古より南極の海に幾世代ついに観察された生き物

南北の両極に出るオーロラが地球は小さな星よと歌う

柴犬の自然のままに気品ある姿は一万年も変らず

ペンギンの数を調べる道中にアザラシの子が乗り出して来る

樺太犬ジロは眉間に縦皺を深く寄せおり凡犬に非ず

ブリザード吹く南極に越冬し声温かく語るひとあり

補充待つ野菜ストック朧月ブリザード去るは明日あたりか

遥遥と訪い来しひとを歩かせて向かいの役所へランチに誘う

昼くれば霞が関の緑蔭に名札を下げし人溢れ出る

鉱石は掘る人らから身を飾る人へ渡らば宝石となる

ある晴れた朝に宝石を妻に与え行方不明となりし夫ありき

ベイルートの丘の真白き花蔭に静かな海を見ている二人

光に足りて

枯れシダは蘇るらし松の木の根方に届く光に足りて

流木の打ち寄せられし磯の辺にクジラの声を待つ焚火して

海面に鯨のような影見えてプロペラ飛行の着陸近し

胡の人と伎楽面つけ踊るとき収穫祭《シャディア》のよろこび古く新し

伎楽面の呉女を被れば自ずから立ち上がり舞う昆劇女優

銅タンクに新酒を入れて馬車に積み壜詰場へゆるゆるうごく

木の桶に湯を溢れさせ入りたれば出る際にわが体積を見ん

休耕地のカヤツリ草とイヌ蓼に農戻る日まで土守れとや

古戦場に細き桜が自生して秋に花咲き鳥を養う

オリオンと昴のあいだ子午線を飛ぶ空軍の夜間演習

犬が吠え赤ちゃんが泣き灯り揺れ　想定外地震日本海岸に

有明の月を梢の抱くころ紅梅の蕾開き初むらし

初めての靴履きて立つ子の影を二つ現す月と門灯

白梅の盆栽なりしが地に戻り戸口に咲きて香る如月

くじら山にミツバチ多しこんもりと白詰草の咲き盛るころ

冬の夜は八寶茶淹れほのぼのと志村五郎の数学を読む

数学の小さき本に湧き上がる今一度の生への思い

淡紅のホタルブクロを吹く風に鳴りているなり父の日の鐘

八重葎わが衣手に着きたるを人恋う草よと言いつつ毟る

素粒子の飛跡をのこす霧箱と思いなし見る君のアルバム

新緑の桜田通り日の丸とカザフスタン旗ひとには見えず

後記

さんと短歌研究社の皆様には、万事につけてお世話になり、誠にありがとうございました。

安野光雅画伯には、御作品「大分県由布院町の近く、レンゲが一面に咲いていた畑」を表紙絵に拝借したいというとつぜんのお願いに、ご快諾をいただき、真にありがたく存じます。夢に願った幸運がこの本の姿になり、深く感謝しています。

時空を越えて心通う読書により培われる力は、良い友人達や自然に親しむことと同じく、生きる糧になります。その様なものとして、ご清覧いただければ光栄に存じます。

2012年７月15日

ときえだひろこ

（＊） http://tea-time.way-nifty.com/pens/

この歌集『霧箱』は、歌集名を物理量の計測シリーズとした既刊の三冊、『風洞』、『天秤』、『時計』に続く、結びの巻になります。第四歌集のタイトルのみは、予め決めていましたが、出版の時期は、森岡貞香先生のご生誕百年（2016）ころにする心づもりでおりました。

ところが、東日本大震災2011年３月11日の直後に、旧友から「こういう時には、貴女の歌を読んで、平常心を保っています。『霧箱』は未だですか」と聞かれる、ということがありました。その感激を、昨秋の「森岡貞香を語る会」の時に声をかけてくださった堀山和子氏（短歌研究社）にお話したところ、早めの出版となりました。

作品置場のブログ：短歌覚書（＊）のことを、押田晶子氏にお知らせし、春風と共に届いたのが、この歌集一冊分の選をされたメールでした。押田

著者略歴

東京生（1938）、東京大学物理学科卒業（1961）。

宇宙風短歌会（1982～87　2009～　）、女人短歌会（1988～97）、TEA TIME（同人誌　年刊　1995～2004）、石疊の会（1996～2009）、PENS（文藝 Mailing List　2003～　）、青遠短歌会（2006～2009）、学士会短歌会（2010～　）。

第一歌集『風洞』（1990　新星書房）、第二歌集『天秤　金・銀』（2001　短歌研究社）、第三歌集『時計』（2008　短歌研究社）。

検印省略

二〇一二年九月九日　印刷発行

歌集　霧《きり》箱《ばこ》

定価　本体三〇〇〇円（税別）

著者　ときえだひろこ
発行者　堀山和子
発行所　短歌研究社
郵便番号一一二―〇〇一三
東京都文京区音羽一―一七―一四　音羽YKビル
電話〇三（三九四四）四八二二番
振替〇〇一九〇―九―二四三七五番
印刷者　東京研文社
製本者　牧製本

ISBN 978-4-86272-309-3 C0092 ¥3000E

短歌研究社　出版目録

＊価格は本体価格（税別）です。

歌集	悠	佐久間裕子著	四六判	二三六頁	二〇〇〇円	〒二〇〇円
歌集	天秤　金・銀	ときえだひろこ著	四六判	各一〇四頁	各一五〇〇円	〒二〇〇円
小論集・短歌	ラファエロの青	間ルリ著	A5変型	一八四頁	一五〇〇円	〒二〇〇円
歌集	時計	ときえだひろこ著	四六判	一三二頁	三〇〇〇円	〒二〇〇円
歌集	十三夜	佐久間裕子著	四六判	一六四頁	一九〇五円	〒二〇〇円
文庫本	大西民子歌集（増補『風の曼陀羅』）	大西民子著		二一六頁	一七九六円	〒一〇〇円
文庫本	馬場あき子歌集	馬場あき子著		一七六頁	一二〇〇円	〒一〇〇円
文庫本	島田修二歌集（増補『行路』）	島田修二著		二四八頁	一七一四円	〒一〇〇円
文庫本	塚本邦雄歌集	塚本邦雄著		二〇八頁	一七四八円	〒一〇〇円
文庫本	上田三四二全歌集	上田三四二著		三八四頁	二七一八円	〒一〇〇円
文庫本	春日井建歌集	春日井建著		一八四頁	一九〇五円	〒一〇〇円
文庫本	佐佐木幸綱歌集	佐佐木幸綱著		二〇八頁	一九〇五円	〒一〇〇円
文庫本	高野公彦歌集	高野公彦著		一九二頁	一九〇五円	〒一〇〇円
文庫本	続馬場あき子歌集	馬場あき子著		一九二頁	一九〇五円	〒一〇〇円
文庫本	前登志夫歌集	前登志夫著		二〇八頁	一九〇五円	〒一〇〇円
歌集	敷妙	森岡貞香著	四六判	二〇八頁	三〇〇〇円	〒二〇〇円
歌集	薔薇図譜	三井修著	A5判	二四〇頁	三〇〇〇円	〒二〇〇円
歌集	天意	桑原正紀著	四六判	一九二頁	二七〇〇円	〒二〇〇円
歌集	蓬歳断想録	島田修三著	A5判	二〇八頁	三〇〇〇円	〒二〇〇円
歌集	天地眼	蒔田さくら子著	四六判	一九六頁	三〇〇〇円	〒二〇〇円
歌集	金の雨	横山未来子著	四六判	二一六頁	二八〇〇円	〒二〇〇円
歌集	あやはべる	米川千嘉子著	四六判	一九二頁	三〇〇〇円	〒二〇〇円